3 1994 01327 6073

SANTA ANA PUBLIC LIBRARY

D0603274

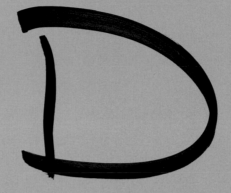

EL PÁJARO
DEL ALMA

Mijal Snunit

ilustración de

Francisco Nava Bouchaín

traducción de
Flaminia Cohen Tuval
y Carmen Albert García

J SP PICT BK SNUNIT, M.
Snunit, Mijal
El pajaro del alma

$13.99
BOOKMOBILE 1 31994013276073

LOS ESPECIALES DE
A la orilla del viento

FONDO DE CULTURA ECONÓMICA
MÉXICO

A mis queridos hijos
Tal, Laliv y Tamar

Coordinador de la colección: Daniel Goldin
Diseño: Arroyo + Cerda
Dirección artística: Rebeca Cerda

Primera edición en hebreo: 1984
Primera edición en español (empastada): 1993
Segunda edición (rústica): 1996
    Quinta reimpresión (empastada): 2005

Título original: *Tzipór Hanéfesh*
© Mijal Snunit
Publicado por Giavatayim Massada, Israel

D.R. © 1993, Fondo de Cultura Económica
Carr. Picacho Ajusco 227; México, 14200, D.F.

www.fondodeculturaeconomica.com

Se prohíbe la reproducción parcial o total
de esta obra —por cualquier medio — sin la anuencia
por escrito del titular de los derechos correspondientes.

ISBN 968-16-4059-4 (primera edición empastada)
ISBN 968-16-5017-4 (segunda edición en rústica)

Impreso en México / *Printed in Mexico*
Impresora y Encuadernadora Progreso S. A. de C. V. (IEPSA)
Tiraje 17 000 ejemplares

HONDO, muy hondo,
dentro del cuerpo habita el alma.
Nadie la ha visto nunca
pero todos saben que existe.
Y no sólo saben que existe,
saben también lo que hay en su interior.

Dentro del alma,
en su centro,
está, de pie sobre una sola pata,
un pájaro: el Pájaro del Alma.
Él siente todo lo que nosotros sentimos.

Cuando alguien nos hiere,
el Pájaro del Alma vaga por nuestro cuerpo,
por aquí, por allá, en cualquier dirección,
aquejado de fuertes dolores.

Cuando alguien nos quiere,
el Pájaro del Alma salta,
dando pequeños y alegres brincos,
yendo y viniendo,
adelante y atrás.

Cuando alguien nos llama por nuestro nombre,
el Pájaro del Alma presta atención a la voz
para averiguar qué clase de llamada es ésa.

Cuando alguien se enoja con nosotros,
el Pájaro del Alma se encierra en sí mismo
silencioso y triste.

Y cuando alguien nos abraza,
el Pájaro del Alma,
que habita hondo, muy hondo, dentro del cuerpo,
crece, crece,
hasta que llena casi todo nuestro interior.
A tal punto le hace bien el abrazo.

Dentro del cuerpo,
hondo, muy hondo, habita el alma.
Nadie la ha visto nunca,
pero todos saben que existe.
Hasta ahora no ha nacido hombre sin alma.
Porque el alma
se introduce en nosotros cuando nacemos,
y no nos abandona
ni siquiera una vez mientras vivimos.
Como el aire que el hombre respira
desde su nacimiento hasta su muerte.

Seguramente quieres saber
de qué está hecho el Pájaro del Alma.
¡Ah! Es muy sencillo:
está hecho de cajones y cajones;
pero estos cajones
no se pueden abrir así nada más.
Cada uno está cerrado por una llave muy especial.
Y es el Pájaro del Alma
el único que puede abrir sus cajones.
¿Cómo? También esto es muy sencillo:
con su otra pata.

El Pájaro del Alma está de pie sobre una sola pata;
con la otra —doblada bajo el vientre a la hora del descanso—
gira la llave, moviendo la manija, y todo lo que hay dentro
se esparce por el cuerpo.
Y como todo lo que sentimos tiene su propio cajón,
el Pájaro del Alma tiene muchísimos cajones.

Un cajón para la alegría
　　y un cajón para la tristeza,
un cajón para la envidia
　　y un cajón para la esperanza,
un cajón para la decepción
　　y un cajón para la desesperación,
un cajón para la paciencia
　　y un cajón para la impaciencia
También hay un cajón para el odio,
　　y otro para el enojo,
　　　y otro para los mimos.

Un cajón para la pereza
　　　y un cajón para nuestro vacío,
y un cajón para los secretos más ocultos
　　　(éste es un cajón que casi nunca abrimos).
Y hay más cajones.
También tú puedes añadir todos los que quieras.

A veces el hombre puede elegir

y señalar al pájaro qué llaves girar y qué cajones abrir.

Y a veces es el pájaro quien decide.

Por ejemplo:

el hombre quiere callar

y ordena al pájaro abrir el cajón del silencio;

pero el pájaro, por su cuenta, abre el cajón de la voz,

y el hombre habla y habla y habla.

Otro ejemplo:
el hombre desea escuchar tranquilamente,
pero el pájaro abre, en cambio, el cajón de la impaciencia:
y el hombre se impacienta.

Y sucede que el hombre sin desearlo siente celos;
y sucede que quiere ayudar y es entonces cuando estorba.
Porque el Pájaro del Alma no es siempre un pájaro obediente
y a veces causa penas...

De todo esto podemos entender que cada hombre es diferente
por el Pájaro del Alma que lleva dentro.
Un pájaro abre cada mañana el cajón de la alegría;
la alegría se desparrama por el cuerpo
y el hombre está dichoso.

Otro pájaro abre, en cambio, el cajón del enojo;
el enojo se derrama y se apodera de todo su ser.
Y mientras el pájaro no cierra el cajón,
el hombre continúa enojado.

Un pájaro que se siente mal,
abre cajones desagradables;
un pájaro que se siente bien,
elige cajones agradables.
Y lo que es más importante:
hay que escuchar atentamente al pájaro.

Porque sucede que el Pájaro del Alma nos llama,
y nosotros no lo oímos.
¡Qué lástima!
Él quiere hablarnos de nosotros mismos,
quiere platicarnos de los sentimientos que encierra en sus cajones.

Hay quien lo escucha a menudo.
Hay quien rara vez lo escucha.
y quien lo escucha sólo una vez.

Por eso es conveniente
ya tarde, en la noche,
cuando todo está en silencio,
escuchar al Pájaro del Alma
que habita en nuestro interior,
hondo, muy hondo, dentro del cuerpo.